CONTES • DE • PERRAULT

DESSINS • DE • MALO RENAULT

PEAU·D'ANE
LA • BELLE • AU BOIS·DORMANT

LIBRAIRIE LAROUSSE — PARIS

CONTES DE PERRAULT

La Belle au Bois Dormant

Peau d'Ane

LAROUSSE
PARIS

PEAU-D'ANE

Il était une fois un roi si grand, si aimé de ses peuples, si respecté de tous ses voisins et de ses alliés, qu'on pouvait dire qu'il était le plus heureux de tous les monarques. Son bonheur était encore confirmé par le choix qu'il avait fait d'une princesse aussi belle que vertueuse; et ces heureux époux vivaient dans une union parfaite. De leur chaste hymen était née une fille, douée de tant de grâces et de charmes, qu'ils ne regrettaient point de n'avoir pas une plus ample lignée.

La magnificence, le goût et l'abondance régnaient dans son palais; les ministres étaient sages et habiles; les courtisans, vertueux et attachés; les domestiques, fidèles et laborieux; les écuries, vastes et remplies des plus beaux chevaux du monde, couverts de riches caparaçons: mais ce qui étonnait les étrangers qui venaient admirer ces belles écuries, c'est qu'au lieu le plus apparent, un maître âne étalait de longues et grandes oreilles. Ce n'était pas par fantaisie, mais avec raison, que le roi lui avait donné une place particulière et distinguée. Les vertus de ce rare animal méritaient cette distinction, puisque la nature l'avait formé si extraordinaire, que sa litière, au lieu d'être malpropre, était couverte, tous les matins, avec profusion, de beaux écus et de louis d'or de toute espèce, qu'on allait recueillir à son réveil.

Or, comme les vicissitudes de la vie s'étendent aussi bien sur les rois que sur les sujets, et que toujours les biens sont mêlés de quelques maux, le ciel permit que la reine fût tout à coup attaquée d'une âpre maladie, pour laquelle, malgré la science et l'habileté des médecins, on ne put trouver aucun secours. La désolation fut générale. Le roi, sensible et amoureux, malgré le proverbe fameux qui dit que l'hymen est le tombeau de l'amour, s'affligeait sans modération, faisait des vœux ardents à tous les temples de son royaume, offrait sa vie pour celle d'une épouse si chère ; mais les dieux et les fées étaient invoqués en vain. La reine, sentant sa dernière heure approcher, dit à son époux qui fondait en larmes : « Trouvez bon, avant que je meure, que j'exige une chose de vous : c'est que, s'il vous prenait envie de vous remarier... » A ces mots, le roi fit des cris pitoyables, prit les mains de sa femme, les baigna de pleurs, et, l'assurant qu'il était superflu de lui parler d'un second hyménée : « Non, non, dit-il enfin, ma chère reine,

parlez-moi plutôt de vous suivre. — L'État, reprit la reine avec une fermeté qui augmentait les regrets de ce prince, l'État doit exiger des successeurs, et, comme je ne vous ai donné qu'une fille, vous presser d'avoir des fils qui vous ressemblent ; mais je vous demande instamment, par tout l'amour que vous avez eu pour moi, de ne céder à l'empressement de vos peuples que lorsque vous aurez trouvé une princesse plus belle et mieux faite que moi ; j'en veux votre serment, et alors je mourrai contente. »

On présume que la reine, qui ne manquait pas d'amour-propre, avait exigé ce serment, ne croyant pas qu'il fût au monde personne qui pût l'égaler, pensant bien que c'était s'assurer que le roi ne se remarierait jamais. Enfin elle mourut. Jamais mari ne fit tant de vacarme ; pleurer, sangloter jour et nuit, menus droits du veuvage, furent son unique occupation.

Les grandes douleurs ne durent pas. D'ailleurs les grands de l'État s'assemblèrent, et vinrent en corps prier le roi de se remarier. Cette première proposition lui parut dure, et lui fit répandre de nouvelles larmes. Il allégua le serment qu'il avait fait à la reine, défiant tous ses conseillers de pouvoir trouver une princesse plus belle et mieux faite que feu sa femme, pensant que cela était impossible. Mais le conseil traita de babiole une telle promesse, et dit qu'il importait peu de la beauté, pourvu qu'une reine fût vertueuse et point stérile ; que l'État demandait des princes pour son repos

et sa tranquillité ; qu'à la vérité l'infante avait toutes les qualités requises pour faire une grande reine, mais qu'il fallait lui choisir un étranger pour époux ; et qu'alors, ou cet étranger l'emmènerait chez lui, ou que, s'il régnait avec elle, ses enfants ne seraient plus réputés du même sang, et que, n'y ayant point de prince de son nom, les peuples voisins pourraient leur susciter des guerres qui entraîneraient la ruine du royaume. Le roi, frappé de ces considérations, promit qu'il songerait à les contenter.

Effectivement il chercha, parmi les princesses à marier, qui serait celle qui pourrait lui convenir. Chaque jour on lui apportait des portraits charmants ; mais aucun n'avait les grâces de la feue reine : ainsi il ne se déterminait point. Malheureusement, il s'avisa de trouver que l'infante, sa fille, était non seulement belle et bien faite à ravir, mais qu'elle surpassait encore de beaucoup la reine sa mère en esprit et en agréments. Sa jeunesse, l'agréable fraîcheur de son beau teint, enflamma le roi d'un feu si violent, qu'il ne put le cacher à l'infante, et il lui dit qu'il avait résolu de l'épouser, puisqu'elle seule pouvait le dégager de son serment.

La jeune princesse, remplie de vertu et de pudeur, pensa s'évanouir à cette horrible proposition. Elle se jeta aux pieds du roi son père, et le conjura, avec toute la force qu'elle put trouver dans son esprit, de ne la pas contraindre à commettre un tel crime.

Le roi, qui s'était mis en tête ce bizarre projet, avait consulté un vieux druide pour mettre la conscience de la princesse en repos. Ce druide, moins religieux qu'ambitieux, sacrifia, à l'honneur d'être confident d'un grand roi, l'intérêt de l'innocence et de la vertu, et s'insinua avec tant d'adresse dans l'esprit du roi, lui adoucit tellement le crime qu'il allait commettre, qu'il lui persuada même que c'était une œuvre pie que d'épouser sa fille. Ce prince, flatté par les discours de ce scélérat, l'embrassa, et revint d'avec lui plus entêté que jamais dans son projet : il fit donc ordonner à l'infante de se préparer à lui obéir.

La jeune princesse, outrée d'une vive douleur, n'imagina rien autre chose que d'aller trouver la fée des Lilas, sa marraine. Pour cet effet, elle partit la même nuit dans un joli cabriolet attelé d'un gros mouton qui savait tous les chemins. Elle y arriva heureusement. La fée, qui aimait

l'infante, lui dit qu'elle savait tout ce qu'elle venait lui dire, mais qu'elle n'eût aucun souci, rien ne pouvant lui nuire si elle exécutait fidèlement ce qu'elle allait lui prescrire ; « car, ma chère enfant, lui dit-elle, ce serait une grande faute que d'épouser votre père ; mais, sans le contredire, vous pouvez l'éviter : dites-lui que, pour remplir une fantaisie que vous avez, il faut qu'il vous donne une robe de la couleur du temps ; jamais, avec tout son amour et son pouvoir, il ne pourra y parvenir. »

La princesse remercia bien sa marraine ; et dès le lendemain matin elle dit au roi son père ce que la fée lui avait conseillé, et protesta qu'on ne tirerait d'elle aucun aveu qu'elle n'eût une robe couleur du temps. Le roi, ravi de l'espérance qu'elle lui donnait, assembla les plus fameux ouvriers et leur commanda cette robe, sous la condition que, s'ils ne pouvaient réussir, il les ferait tous pendre. Il n'eut pas le chagrin d'en venir à cette

extrémité : dès le second jour, ils apportèrent la robe si désirée. L'empirée n'est pas d'un plus beau bleu, lorsqu'il est ceint de nuages d'or, que cette belle robe lorsqu'elle fut étalée. L'infante en fut toute contristée, et ne savait comment se tirer d'embarras. Le roi pressait la conclusion. Il fallut recourir encore à la marraine, qui, étonnée de ce que son secret n'avait pas réussi, lui dit d'essayer d'en demander une de la couleur de la lune. Le roi, qui ne pouvait lui rien refuser, envoya chercher les plus habiles ouvriers, et leur commanda si expressément une robe couleur de la lune, qu'entre ordonner et l'apporter il n'y eut pas vingt-quatre heures...

L'infante, plus charmée de cette superbe robe que des soins du roi son père, s'affligea immodérément lorsqu'elle fut avec ses femmes et sa nourrice. La fée des Lilas, qui savait tout, vint au secours de l'affligée princesse, et lui dit : « Ou je me trompe fort, ou je crois que si vous demandez une robe couleur du soleil, nous viendrons à bout de dégoûter le roi votre père, car jamais on ne pourra parvenir à faire une pareille robe, ou nous gagnerons au moins du temps. »

L'infante en convint, demanda la robe ; et l'amoureux roi donna, sans regret, tous les diamants et les rubis de sa couronne pour aider à ce superbe ouvrage, avec ordre de ne rien épargner pour rendre cette robe égale au soleil. Aussi, dès qu'elle parut, tous ceux qui la virent déployée furent

obligés de fermer les yeux, tant ils furent éblouis. C'est de ce temps que datent les lunettes vertes et les verres noirs. Que devint l'infante à cette vue ? Jamais on n'avait rien vu de si beau et de si artistement travaillé. Elle était confondue ; et, sous prétexte d'avoir mal aux yeux, elle se retira dans sa chambre, où la fée l'attendait, plus honteuse qu'on ne peut dire. Ce fut bien pis ; car en voyant la robe du soleil elle devint rouge de colère.

« Oh ! pour le coup, ma fille, dit-elle à l'infante, nous allons mettre l'indigne amour de votre père à une terrible épreuve. Je le crois bien entêté de ce mariage qu'il croit si prochain ; mais je pense qu'il sera un peu étourdi de la demande que je vous conseille de lui faire : c'est la peau de cet âne qu'il aime si passionnément, et qui fournit à toutes ses dépenses avec tant de profusion ; allez, et ne manquez pas de lui dire que vous désirez cette peau. »

L'infante, ravie de trouver encore un moyen d'éluder un mariage qu'elle détestait, et qui pensait en même temps que son père ne pourrait jamais se résoudre à sacrifier son âne, vint le trouver, et lui exposa son désir pour la peau de ce bel animal. Quoique le roi fût étonné de cette fantaisie, il ne balança pas à la satisfaire. Le pauvre âne fut sacrifié, et la peau galamment apportée à l'infante, qui, ne voyant plus aucun moyen d'éluder son malheur, s'allait désespérer lorsque sa marraine accourut.

« Que faites-vous, ma fille ? dit-elle en voyant la princesse déchirant ses cheveux et meurtrissant ses belles joues ; voici le moment le plus heureux de votre vie. Enveloppez-vous de cette peau, sortez de ce palais, et allez tant que terre pourra vous porter : lorsqu'on sacrifie tout à la vertu, les dieux savent en récompenser. Allez, j'aurai soin que votre toilette vous suive partout ; en quelque lieu que vous vous arrêtiez, votre cassette, où seront vos habits et vos bijoux, suivra vos pas sous terre ; et voici ma baguette que je vous donne : en frappant la terre, quand vous aurez besoin de cette cassette, elle paraîtra à vos yeux ; mais hâtez-vous de partir, et ne tardez pas. »

L'infante embrassa mille fois sa marraine, la pria de ne pas l'abandonner, s'affubla de cette vilaine peau, après s'être barbouillée de suie de cheminée, et sortit de ce riche palais sans être reconnue de personne.

L'absence de l'infante causa une grande rumeur. Le roi, au désespoir, qui avait fait préparer une fête magnifique, était inconsolable. Il fit partir

plus de cent gendarmes et plus de mille mousquetaires pour aller à la quête de sa fille; mais la fée, qui la protégeait, la rendait invisible aux plus habiles recherches.

Ainsi il fallut bien s'en consoler.

Pendant ce temps l'infante cheminait. Elle alla bien loin, bien loin, encore plus loin, et cherchait partout une place; mais quoique par charité on lui donnât à manger, on la trouvait si crasseuse que personne n'en voulait. Cependant elle entra dans une belle ville, à la porte de laquelle était une métairie, dont la fermière avait besoin d'une souillon pour laver les torchons, nettoyer les dindons et l'auge des cochons. Cette femme, voyant cette voyageuse si malpropre, lui proposa d'entrer chez elle, ce que l'infante accepta de grand cœur, tant elle était lasse d'avoir tant marché. On la mit dans un coin reculé de la cuisine, où elle fut, les premiers jours, en butte aux plaisanteries grossières de la valetaille, tant sa peau d'âne la rendait sale et dégoûtante. Enfin on s'y accoutuma ; d'ailleurs elle était si soigneuse de remplir ses devoirs, que la fermière la prit sous sa protection. Elle conduisait les moutons, les faisait parquer au temps où il le fallait ; elle menait les dindons paître avec une telle intelligence, qu'il semblait qu'elle n'eût jamais fait autre chose : aussi tout fructifiait sous ses belles mains.

Un jour qu'assise près d'une claire fontaine, où elle déplorait souvent sa triste situation, elle s'avisa de s'y mirer, l'effroyable peau d'âne, qui faisait sa coiffure et son habillement, l'épouvanta. Honteuse de cet ajustement, elle se décrassa le visage et les mains, qui devinrent plus blanches que de l'ivoire, et son beau teint reprit sa fraîcheur naturelle. La joie de se trouver si belle lui donna envie de s'y baigner, ce qu'elle exécuta ; mais il lui fallut remettre son indigne peau, pour retourner à la métairie. Heureusement le lendemain était un jour de fête ; ainsi elle eut le loisir de tirer sa cassette, d'arranger sa toilette, de poudrer ses beaux cheveux, et de mettre sa belle robe couleur du temps. Sa chambre était si petite, que la queue de cette belle robe ne pouvait pas s'étendre. La belle princesse se mira et s'admira elle-même avec raison, si bien qu'elle résolut, pour se désennuyer, de mettre tour à tour ses belles robes les fêtes et les dimanches ; ce qu'elle exécuta ponctuellement. Elle mêlait des fleurs et des diamants dans ses beaux cheveux, avec un art admirable ; et souvent elle soupirait de n'avoir pour témoins de sa beauté que ses moutons et ses dindons, qui l'aimaient autant avec son horrible peau d'âne, dont on lui avait donné le nom dans cette ferme.

Un jour de fête, que Peau-d'Ane avait mis la robe couleur de soleil, le fils du roi, à qui cette ferme appartenait, vint y descendre pour se reposer en revenant de la chasse. Ce prince était jeune, beau et admirablement bien fait, l'amour de son père et de la reine sa mère, adoré des peuples. On offrit à ce jeune prince une collation champêtre, qu'il accepta ; puis il se mit à parcourir les basses-cours et tous leurs recoins. En courant ainsi de lieu en lieu, il entra dans une sombre allée, au bout de laquelle il vit une porte fermée. La curiosité lui fit mettre l'œil à la serrure ; mais que devint-il en

apercevant la princesse si belle et si richement vêtue, qu'à son air noble et modeste il la prit pour une divinité? L'impétuosité du sentiment qu'il éprouva dans ce moment l'aurait porté à enfoncer la porte, sans le respect que lui inspira cette ravissante personne.

Il sortit avec peine de cette allée sombre et obscure, mais ce fut pour s'informer qui était la personne qui demeurait dans cette petite chambre. On lui répondit que c'était une souillon, qu'on nommait Peau-d'Ane, à cause de la peau dont elle s'habillait; et qu'elle était si sale et si crasseuse, que personne ne la regardait ni ne lui parlait, et qu'on ne l'avait prise que par pitié, pour garder les moutons et les dindons.

Le prince, peu satisfait de cet éclaircissement, vit bien que ces gens grossiers n'en savaient pas davantage, et qu'il était inutile de les questionner. Il revint au palais du roi son père, plus amoureux qu'on ne peut dire, ayant continuellement devant les yeux la belle image de cette divinité qu'il avait vue par le trou de la serrure. Il se repentit de n'avoir pas heurté à la porte, et se promit bien de n'y point manquer une autre fois. Mais l'agitation de son sang, causée par l'ardeur de son amour, lui donna, dans la même nuit, une fièvre si terrible, que bientôt il fut réduit à l'extrémité. La reine sa mère, qui n'avait que lui d'enfant, se désespérait de ce que tous les remèdes

étaient inutiles. Elle promettait en vain les plus grandes récompenses aux médecins ; ils y employaient tout leur art, mais rien ne guérissait le prince.

Enfin ils devinèrent qu'un mortel chagrin causait tout ce ravage ; ils en avertirent la reine, qui, toute pleine de tendresse pour son fils, vint le conjurer de dire la cause de son mal ; et que, quand il s'agirait de lui céder la couronne, le roi son père descendrait de son trône sans regret, pour l'y faire monter ; que s'il désirait quelque princesse, quand même on serait en guerre avec le roi son père, et qu'on eût de justes sujets pour s'en plaindre, on sacrifierait tout pour obtenir ce qu'il désirait ; mais qu'elle le conjurait de ne pas se laisser mourir, puisque de sa vie dépendait la leur.

La reine n'acheva pas ce touchant discours sans mouiller le visage du prince d'un torrent de larmes. « Madame, lui dit enfin le prince avec une voix très faible, je ne suis pas assez dénaturé pour désirer la couronne de mon père ; plaise au ciel qu'il vive de longues années et qu'il veuille bien que je sois longtemps le plus fidèle et le plus respectueux de ses sujets ! Quant aux princesses que vous m'offrez, je n'ai point encore pensé à me marier ; et vous pensez bien que, soumis comme je le suis à vos volontés, je vous obéirai toujours, quoi qu'il m'en coûte. — Ah ! mon fils, reprit la reine, rien ne nous coûtera pour te sauver la vie ; mais, mon cher fils, sauve la mienne et celle du roi ton père, en me déclarant ce que tu désires, et sois bien assuré qu'il te sera accordé. — Eh bien! madame, dit-il, puisqu'il faut vous déclarer ma pensée, je vais vous obéir ; je me ferais un crime de mettre en danger deux êtres qui me sont si chers. Oui, ma mère, je désire que Peau-d'Âne me fasse un gâteau, et que, dès qu'il sera fait, on me l'apporte. »

La reine, étonnée de ce nom bizarre, demanda qui était cette Peau-d'Ane? « C'est, madame, reprit un de ses officiers qui par hasard avait vu cette fille, c'est la plus vilaine bête après le loup ; une peau noire, une crasseuse, qui loge dans votre métairie et qui garde vos dindons. — N'importe, dit la reine : mon fils, au retour de la chasse, a peut-être mangé de sa pâtisserie ; c'est une fantaisie de malade ; en un mot, je veux que Peau-d'Ane (puisque Peau-d'Ane il y a) lui fasse promptement un gâteau. »

On courut à la métairie, et l'on fit venir Peau-d'Ane, pour lui ordonner de faire de son mieux un gâteau pour le prince.

Quelques auteurs ont assuré que Peau-d'Ane, au moment où ce prince avait mis l'œil à la serrure, les siens l'avaient aperçu ; et puis, que, regardant par sa petite fenêtre, elle avait vu ce prince si jeune, si beau et si bien fait, que l'idée lui en était restée, et que souvent ce souvenir lui avait coûté quelques soupirs. Quoi qu'il en soit, Peau-d'Ane l'ayant vu, ou en ayant beaucoup entendu parler avec éloge, ravie de pouvoir trouver un moyen d'être connue, s'enferma dans sa chambre, jeta sa vilaine peau, se décrassa le visage et les mains, se coiffa de ses blonds cheveux, mit un beau corset d'argent brillant, un jupon pareil, et se mit à faire le gâteau tant désiré : elle prit de la plus pure farine, des œufs et du beurre bien frais. En travaillant, soit de dessein ou autrement, une bague qu'elle avait au doigt tomba dans la pâte, s'y mêla ; et, dès que le gâteau fut cuit, s'affublant de son horrible peau, elle donna le gâteau à l'officier, à qui elle demanda des nouvelles du prince ; mais, cet homme, ne daignant pas lui répondre, courut chez le prince lui porter ce gâteau.

Le prince le prit avidement des mains de cet homme et le mangea avec une telle vivacité que les médecins, qui étaient présents, ne manquèrent pas de dire que cette fureur n'était pas un bon signe : effectivement, le prince pensa s'étrangler avec la bague qu'il trouva dans un des morceaux du gâteau ; mais il la tira adroitement de sa bouche, et son ardeur à dévorer ce gâteau se ralentit, en examinant cette fine émeraude, montée sur un jonc d'or, dont le cercle était si étroit, qu'il jugea ne pouvoir servir qu'au plus joli petit doigt du monde.

Il baisa mille fois cette bague, la mit sous son chevet, et l'en tirait à tout moment, quand il croyait n'être vu de personne. Le tourment qu'il se donna, pour imaginer comment il pourrait voir celle à qui cette bague pouvait aller ; et n'osant croire, s'il demandait Peau-d'Ane, qui avait fait ce gâteau qu'il avait demandé, qu'on lui accordât de la faire venir ; n'osant non plus dire ce qu'il avait vu par le trou de la serrure, de crainte qu'on se moquât de lui, et qu'on le prît pour un visionnaire ; toutes ces idées le tourmentant à la fois, la fièvre le reprit fortement ; et les médecins, ne sachant plus que faire, déclarèrent à la reine que le prince était malade d'amour.

La reine accourut chez son fils, avec le roi, qui se désolait : « Mon fils, mon cher fils ! s'écria le monarque affligé, nomme-nous celle que tu veux ; nous jurons que nous te la donnerons, fût-elle la plus vile des esclaves. » La reine, en l'embrassant, lui confirma le serment du roi. Le prince, attendri par les larmes et les caresses des auteurs de ses jours : « Mon père et ma mère, leur dit-il, je n'ai point dessein de faire une alliance qui vous déplaise ; et, pour preuve de cette vérité, dit-il en tirant l'émeraude de dessous son chevet, c'est que j'épouserai la personne à qui cette bague ira, telle qu'elle soit ; et il n'y a pas apparence que celle qui aura ce joli doigt soit une rustaude ou une paysanne. »

Le roi et la reine prirent la bague, l'examinèrent curieusement, et jugèrent, ainsi que le prince, que cette bague ne pouvait aller qu'à quelque fille de bonne maison. Alors le roi, ayant embrassé son fils, en le conjurant de guérir, sortit, fit sonner les tambours, les fifres et les trompettes par toute la ville, et crier par ses hérauts que l'on n'avait qu'à venir au palais essayer une bague, et que celle à qui elle irait juste épouserait l'héritier du trône.

Les princesses d'abord arrivèrent, puis les duchesses, les marquises et les baronnes ; mais elles eurent beau toutes s'amenuiser les doigts, aucune ne put mettre la bague. Il en fallut venir aux grisettes, qui, toutes jolies qu'elles étaient, avaient toutes les doigts trop gros. Le prince, qui se

portait mieux, faisait lui-même l'essai. Enfin, on en vint aux filles de chambre ; elles ne réussirent pas mieux. Il n'y avait plus personne qui n'eût essayé cette bague sans succès, lorsque le prince demanda les cuisinières, les marmitonnes, les gardeuses de moutons : on amena tout cela ; mais leurs gros doigts rouges et courts ne purent seulement aller par delà l'ongle.

« A-t-on fait venir cette Peau-d'Ane, qui m'a fait un gâteau ces jours derniers ? » dit le prince. Chacun se prit à rire, et lui dit que non, tant elle était sale et crasseuse. « Qu'on l'aille chercher tout à l'heure, dit le roi ; il ne sera pas dit que j'aie excepté quelqu'un. » On courut, en riant et se moquant, chercher la dindonnière.

L'infante, qui avait entendu les tambours et le cri des hérauts d'armes, s'était bien doutée que sa bague faisait ce tintamarre : elle aimait le prince ; et, comme le véritable amour est craintif et n'a point de vanité, elle était dans la crainte continuelle que quelque dame n'eût le doigt aussi menu que

le sien. Elle eut donc une grande joie quand on vint la chercher, et qu'on heurta à sa porte. Depuis qu'elle avait su qu'on cherchait un doigt propre à mettre sa bague, je ne sais quel espoir l'avait portée à se coiffer plus soigneusement, et à mettre son beau corset d'argent, avec le jupon plein de falbalas, de dentelles d'argent, semé d'émeraudes. Sitôt qu'elle entendit qu'on heurtait à la porte, et qu'on l'appelait pour aller chez le prince, elle remit promptement sa peau d'âne, ouvrit sa porte; et ces gens, en se moquant d'elle, lui dirent que le roi la demandait pour lui faire épouser son fils; puis, avec de longs éclats de rire, ils la menèrent chez le prince, qui lui-même, étonné de l'accoutrement de cette fille, n'osa croire que ce fût elle qu'il avait vue si pompeuse et si belle. Triste et confondu de s'être si lourdement trompé: « Est-ce vous, lui dit-il, qui logez au fond de cette allée obscure, dans la troisième basse-cour de la métairie? — Oui, seigneur, répondit-elle. — Montrez-moi votre main, » dit-il en tremblant et poussant un profond

soupir... Dame! qui fut bien surpris? Ce furent le roi et la reine, ainsi que tous les chambellans et les grands de la cour, lorsque de dessous cette peau noire et crasseuse sortit une petite main délicate, blanche et couleur de rose, où la bague s'ajusta sans peine au plus joli petit doigt du monde ; et par un petit mouvement que l'infante se donna, la peau tomba, et elle parut d'une beauté si ravissante, que le prince, tout faible qu'il était, se mit à ses genoux et les serra avec une ardeur qui la fit rougir ; mais on ne s'en aperçut presque pas, parce que le roi et la reine vinrent l'embrasser de toute leur force, et lui demander si elle voulait bien épouser leur fils. La princesse, confuse de tant de caresses et de l'amour que lui marquait ce beau jeune prince, allait cependant les en remercier, lorsque le plafond s'ouvrit et que la fée des Lilas, descendant dans un char fait de branches et de fleurs de son nom, conta, avec une grâce infinie, l'histoire de l'infante.

Le roi et la reine, charmés de voir que Peau-d'Ane était une grande princesse, redoublèrent leurs caresses ; mais le prince fut encore plus sensible à la vertu de la princesse, et son amour s'accrut par cette connaissance.

L'impatience du prince pour épouser la princesse fut telle, qu'à peine donna-t-il le temps de faire les préparatifs convenables pour cet auguste hyménée. Le roi et la reine, qui étaient affolés de leur belle-fille, lui faisaient mille caresses, et la tenaient incessamment dans leurs bras ; elle avait déclaré qu'elle ne pouvait épouser le prince sans le consentement du roi son père : aussi fut-il le premier à qui on envoya une invitation, sans lui dire quelle était l'épousée ; la fée des Lilas, qui présidait à tout, comme de raison, l'avait exigé, à cause des conséquences. Il vint des rois de tous les pays : les uns en chaise à porteurs, d'autres en cabriolet ; de plus éloignés, montés sur des éléphants, sur des tigres, sur des aigles ; mais le plus magnifique et le plus puissant fut le père de l'infante, qui heureusement avait oublié son amour déréglé et avait épousé une reine veuve, fort belle, dont il n'avait point eu d'enfant. L'infante courut au-devant de lui ; il la reconnut aussitôt et l'embrassa avec une grande tendresse, avant qu'elle eût le temps de se jeter à ses genoux. Le roi et la reine lui présentèrent leur fils, qu'il combla d'amitiés. Les noces se firent avec toute la pompe imaginable. Les jeunes époux, peu sensibles à ces magnificences, ne virent et ne regardèrent qu'eux.

Le roi, père du prince, fit couronner son fils ce même jour, et, lui baisant la main, le plaça sur son trône, malgré la résistance de ce fils si bien né : il lui fallut obéir. Les fêtes de cet illustre mariage durèrent près de trois mois ; mais l'amour des deux époux durerait encore, tant ils s'aimaient, s'ils n'étaient pas morts cent ans après.

LA BELLE AU BOIS DORMANT

Il y avait une fois un roi et une reine qui étaient si fâchés de n'avoir pas d'enfants, si fâchés qu'on ne saurait dire. Ils allèrent à toutes les eaux du monde : vœux, pèlerinages, tout fut mis en œuvre, et rien n'y faisait. Enfin pourtant la reine mit au monde une petite fille. On fit un beau baptême; on donna pour marraines, à la petite princesse, toutes les fées qu'on put trouver dans le pays (il s'en trouva sept), afin que chacune d'elles faisant un don, comme c'était la coutume des fées en ce temps-là, la princesse eût, par ce moyen, toutes les perfections imaginables.

Après les cérémonies du baptême, toute la compagnie revint au palais du roi, où il y avait un grand festin pour les fées. On mit devant chacune d'elles un couvert magnifique, avec un étui d'or massif où il y avait une cuiller, une fourchette et un couteau de fin or, garni de diamants et de rubis. Mais, comme chacun prenait sa place à table, on vit entrer une vieille fée, qu'on n'avait point priée, parce qu'il y avait plus de cinquante ans qu'elle n'était sortie d'une tour, et qu'on la croyait morte ou enchantée. Le roi lui fit donner un couvert; mais il n'y eut pas moyen de lui donner un étui d'or massif comme aux autres, parce que l'on n'en avait fait faire que sept pour les sept fées. La vieille crut qu'on la méprisait, et grommela quelques menaces entre ses dents. Une des jeunes fées, qui se trouva auprès d'elle, l'entendit; et, jugeant qu'elle pourrait donner quelque fâcheux don à la princesse, alla, dès qu'on fut sorti de table, se cacher derrière la tapisserie, afin de parler la dernière, et de pouvoir réparer, autant que possible, le mal que la vieille aurait fait.

Cependant, les fées commencèrent à faire leur don à la princesse. La plus jeune lui donna pour don qu'elle serait la plus belle personne du monde ; celle d'après, qu'elle aurait de l'esprit comme un ange ; la troisième, qu'elle aurait une grâce admirable à tout ce qu'elle ferait; la quatrième, qu'elle danserait parfaitement bien ; la cinquième, qu'elle chanterait comme un rossignol ; la sixième, qu'elle jouerait toutes sortes d'instruments dans la dernière perfection. Le rang de la vieille fée étant venu, elle dit, en branlant la tête, avec plus de dépit que de vieillesse, que la princesse se percerait la main d'un fuseau, et qu'elle en mourrait.

Ce terrible don fit frémir toute la compagnie, et il n'y eut personne qui ne pleurât. Dans ce moment la jeune fée sortit de derrière la tapisserie et dit tout haut ces paroles : « Rassurez-vous, roi et reine, votre fille n'en mourra point; il est vrai que je n'ai pas assez de puissance pour défaire entièrement ce que mon ancienne a fait ; la princesse se percera la main d'un fuseau ; mais, au lieu d'en mourir, elle tombera seulement dans un profond sommeil qui durera cent ans, au bout desquels le fils d'un roi viendra la réveiller. »

Le roi, pour tâcher d'éviter le malheur annoncé par la vieille, fit

publier un édit par lequel il défendait à toutes personnes de filer au fuseau, ni d'avoir de fuseau chez soi, sous peine de la vie.

Au bout de quinze ou seize ans, le roi et la reine étant allés à une de leurs maisons de plaisance, il arriva que la jeune princesse, courant un jour dans le château, et montant de chambre en chambre, alla jusqu'au haut d'un donjon, dans un petit galetas où une bonne vieille était à filer sa quenouille. Cette bonne femme n'avait point ouï parler des défenses que le roi avait faites de filer au fuseau. « Que faites-vous là, ma bonne femme ? dit la princesse. — Je file, ma belle enfant, répondit la vieille qui ne la connaissait pas. — Ah ! que cela est joli, reprit la princesse : comment faites-vous ? donnez-moi que je voie si j'en ferais autant. » Elle n'eut pas plus tôt pris le fuseau, que, comme elle était trop vive, un peu étourdie, et que d'ailleurs l'arrêt des fées l'ordonnait ainsi, elle s'en perça la main, et tomba évanouie.

La bonne vieille, bien embarrassée, crie au secours : on vient de tous côtés ; on jette de l'eau au visage de la princesse, on la délace, on lui frappe dans les mains, on lui frotte les tempes avec de l'eau de la reine de Hongrie; mais rien ne la faisait revenir.

Alors le roi, qui était monté au bruit, se souvint de la prédiction des fées, et jugeant bien qu'il fallait que cela arrivât, puisque les fées l'avaient dit, fit mettre la princesse dans le plus bel appartement du palais, sur un lit en broderie d'or et d'argent. On eût dit un ange, tant elle était belle; car son évanouissement n'avait point ôté les couleurs vives de son teint : ses joues étaient incarnates, et ses lèvres comme du corail; elle avait seulement les yeux fermés, mais on l'entendait respirer tout doucement, ce qui faisait voir qu'elle n'était pas morte.

Le roi ordonna qu'on la laissât dormir en repos, jusqu'à ce que son heure de se réveiller fût venue. La bonne fée, qui lui avait sauvé la vie en la condamnant à dormir cent ans, était dans le royaume de Mataquin, à douze mille lieues de là, lorsque l'accident arriva à la princesse; mais elle en fut avertie en un instant par un petit nain qui avait des bottes de sept lieues (c'étaient des bottes avec lesquelles on faisait sept lieues d'une seule enjambée). La fée partit aussitôt, et on la vit, au bout d'une heure, arriver dans un chariot tout de feu, traîné par des dragons. Le roi lui alla présenter la main à la descente du chariot. Elle approuva tout ce qu'il avait

fait ; mais, comme elle était grandement prévoyante, elle pensa que quand la princesse viendrait à se réveiller, elle serait bien embarrassée toute seule dans ce grand château : voici ce qu'elle fit. Elle toucha de sa baguette tout ce qui était dans le château (hors le roi et la reine) : gouvernantes, filles d'honneur, femmes de chambre, gentilshommes, officiers, maîtres d'hôtel, cuisiniers, marmitons, galopins, gardes, suisses, pages, valets de pied ; elle toucha aussi tous les chevaux qui étaient dans les écuries, avec les palefreniers, les gros mâtins de la basse-cour, et la petite Pouffle, petite chienne de la princesse, qui était auprès d'elle sur son lit. Dès qu'elle les eut touchés, ils s'endormirent tous, pour ne se réveiller qu'en même temps que leur maîtresse, afin d'être tout prêts à la servir quand elle en aurait besoin. Les broches mêmes, qui étaient au feu, toutes pleines de perdrix et de faisans, s'endormirent, et le feu aussi. Tout cela se fit en un moment : les fées n'étaient pas longues à leur besogne.

Alors le roi et la reine, après avoir baisé leur chère enfant, sans qu'elle s'éveillât, sortirent du château et firent publier des défenses à qui que ce fût d'en approcher. Ces défenses n'étaient pas nécessaires ; car il poussa, dans un quart d'heure, tout autour du parc, une si grande quantité de grands arbres et de petits, de ronces et d'épines entrelacées les unes dans

les autres, que bête ni homme n'y aurait pu passer ; en sorte qu'on ne voyait plus que le haut des tours du château, encore n'était-ce que de bien loin. On ne douta point que la fée n'eût encore fait là un tour de son métier, afin que la princesse, pendant qu'elle dormirait, n'eût rien à craindre des curieux.

Au bout de cent ans, le fils du roi qui régnait alors, et qui était d'une

autre famille que la princesse endormie, étant allé à la chasse de ce côté-là, demanda ce que c'était que des tours qu'il voyait au-dessus d'un grand bois fort épais. Chacun lui répondit selon qu'il en avait ouï parler : les uns disaient que c'était un vieux château où il revenait des esprits ; les autres, que tous les sorciers de la contrée y faisaient leur sabbat. La plus commune opinion était qu'un ogre y demeurait, et que là il emportait tous les enfants qu'il pouvait attraper, pour les pouvoir manger à son aise, et sans qu'on le pût suivre, ayant seul le pouvoir de se faire un passage au travers du bois.

Le prince ne savait qu'en croire, lorsqu'un vieux paysan prit la parole et lui dit : « Mon prince, il y a plus de cinquante ans que j'ai ouï dire à mon père qu'il y avait dans ce château une princesse, la plus belle qu'on eût su voir ; qu'elle y devait dormir cent ans, et qu'elle serait réveillée par le fils d'un roi, à qui elle était réservée. »

Le jeune prince, à ce discours, se sentit tout de feu ; il crut, sans balancer, qu'il mettrait fin à une si belle aventure ; et, poussé par l'amour et par la gloire, il résolut de voir sur-le-champ ce qu'il en était. A peine s'avança-t-il vers le bois, que tous ces grands arbres, ces ronces et ces épines s'écartèrent d'eux-mêmes pour le laisser passer. Il marcha vers le château, qu'il voyait au bout d'une grande avenue où il entra ; et, ce qui le surprit un peu, il vit que personne de ses gens ne l'avait pu suivre, parce que les arbres s'étaient rapprochés dès qu'il avait été passé. Il ne laissa pas de continuer son chemin : un prince jeune et amoureux est toujours vaillant. Il entra dans une grande avant-cour, où tout ce qu'il vit d'abord était capable de le glacer de crainte. C'était un silence affreux : l'image de la mort s'y présentait partout ; ce n'étaient que des corps étendus d'hommes et d'animaux qui paraissaient morts. Il reconnut pourtant bien, aux nez bourgeonnés et à la face vermeille des suisses, qu'ils n'étaient qu'endormis ; et leurs tasses, où il y avait encore quelques gouttes de vin, montraient assez qu'ils s'étaient endormis en buvant.

Il passe une grande cour pavée de marbre ; il monte l'escalier ; il entre dans la salle des gardes, qui étaient rangés en haie, la carabine sur l'épaule, et ronflant de leur mieux. Il traverse plusieurs chambres, pleines de

gentilshommes et de dames, dormant tous, les uns debout, les autres assis. Il entra dans une chambre toute dorée, et il vit sur un lit, dont les rideaux étaient ouverts de tous côtés, le plus beau spectacle qu'il eût jamais vu : une princesse qui paraissait avoir quinze ou seize ans, et dont l'éclat resplendissant avait quelque chose de lumineux et de divin. Il s'approcha en tremblant et en admirant, et se mit à genoux auprès d'elle.

Alors, comme la fin de l'enchantement était venue, la princesse s'éveilla ; et le regardant avec des yeux plus tendres qu'une première vue ne semblait le permettre : « Est-ce vous, mon prince ? lui dit-elle ; vous vous êtes bien fait attendre. » Le prince, charmé de ces paroles, et plus encore de la manière dont elles étaient dites, ne savait comment lui témoigner sa joie et sa reconnaissance ; il l'assura qu'il l'aimait plus que lui-même. Ses discours furent mal rangés ; ils en plurent davantage : peu d'éloquence, beaucoup d'amour. Il était plus embarrassé qu'elle, et l'on ne doit pas s'en étonner : elle avait eu le temps de songer à ce qu'elle aurait à lui dire ; car il y a apparence (l'histoire n'en dit pourtant rien) que la bonne fée, pendant un si long sommeil, lui avait procuré le plaisir des songes agréables. Enfin, il y avait quatre heures qu'ils se parlaient, et ils ne s'étaient pas dit la moitié des choses qu'ils avaient à se dire.

Cependant tout le palais s'était réveillé avec la princesse : chacun songeait à faire sa charge ; et, comme ils n'étaient pas tous amoureux, ils mouraient de faim. La dame d'honneur, pressée comme les autres, s'impatienta, et dit tout haut à la princesse que la viande était servie. Le prince aida la princesse à se relever : elle était tout habillée, fort magnifiquement,

mais il se garda bien de lui dire qu'elle était habillée comme ma mère-grand, et qu'elle avait un collet monté ; elle n'en était pas moins belle.

Ils passèrent dans un salon de miroirs, et y soupèrent, servis par les officiers de la princesse. Les violons et les hautbois jouèrent de vieilles pièces, mais excellentes, quoiqu'il y eût près de cent ans qu'on ne les jouât plus ; et après souper, sans perdre de temps, le grand aumônier les maria dans la chapelle du château, et la dame d'honneur leur tira le rideau. Ils dormirent peu, la princesse n'en avait pas grand besoin, et le prince la quitta dès le matin pour retourner à la ville, où son père devait être en peine de lui.

Le prince lui dit qu'en chassant il s'était perdu dans la forêt, et qu'il avait couché dans la hutte d'un charbonnier, qui lui avait fait manger du pain noir et du fromage. Le roi son père, qui était un bonhomme, le crut ; mais sa mère n'en fut pas bien persuadée, et voyant qu'il allait presque tous les jours à la chasse, et qu'il avait toujours une raison en main pour s'excuser quand il avait couché deux ou trois nuits dehors, elle ne douta plus qu'il n'eût quelque amourette ; car il vécut avec la princesse plus de deux ans entiers, et en eut deux enfants, dont le premier, qui était une fille, fut nommé l'*Aurore*, et le second un fils qu'on nomma le *Jour*, parce qu'il paraissait encore plus beau que sa sœur. La reine dit plusieurs fois à son fils, pour le faire expliquer, qu'il fallait se contenter dans la vie ; mais il n'osa jamais se fier à elle de son secret : il la craignait quoiqu'il l'aimât, car elle était de race ogresse, et le roi ne l'avait épousée qu'à cause de ses grands biens. On disait même tout bas à la cour qu'elle avait les inclinations des ogres, et qu'en voyant passer de petits enfants, elle avait toutes les peines du monde à se retenir de se jeter sur eux : ainsi le prince ne voulut jamais rien dire.

Mais quand le roi fut mort, ce qui arriva au bout de deux ans, et qu'il se vit le maître, il déclara publiquement son mariage, et alla en grande cérémonie quérir la reine sa femme, dans son château. On lui fit une entrée magnifique dans la ville capitale, où elle entra au milieu de toute la cour.

Quelque temps après, le roi alla faire la guerre à l'empereur Cantalabutte, son voisin. Il laissa la régence du royaume à la reine sa mère, et lui recommanda fort sa femme et ses enfants : il devait être à la guerre tout l'été ; et dès qu'il fut parti, la reine mère envoya sa bru et ses enfants à une maison de campagne dans les bois, pour pouvoir plus aisément assouvir son horrible envie. Elle y alla quelques jours après, et dit un soir à son maître d'hôtel : « Je veux manger demain à mon dîner la petite Aurore. — Ah ! madame, dit le maître d'hôtel... — Je le veux, dit la reine (et elle le dit d'un ton d'ogresse qui a envie de manger de la chair fraîche), et je la veux manger à la sauce Robert (1). »

Ce pauvre homme, voyant bien qu'il ne fallait pas se jouer à une ogresse, prit son grand couteau, et monta à la chambre de la petite Aurore : elle avait pour lors quatre ans, et vint en sautant et en riant se jeter à son cou et lui demander du bonbon. Il se mit à pleurer ; le couteau lui tomba des mains, et il alla dans la basse-cour couper la gorge à un petit agneau, et lui fit une si bonne sauce, que sa maîtresse l'assura qu'elle n'avait jamais rien mangé de si bon. Il avait emporté en même temps la petite Aurore, et l'avait donnée à sa femme, pour la cacher dans le logement qu'elle avait au fond de la basse-cour.

Huit jours après, la méchante reine dit à son maître d'hôtel : « Je veux manger à mon souper le petit Jour. » Il ne répliqua pas, résolu de la tromper comme l'autre fois. Il alla chercher le petit Jour, et le trouva avec un petit fleuret à la main, dont il faisait des armes avec un gros singe : il n'avait pourtant que trois ans. Il le porta à sa femme, qui le cacha avec la petite

(1) Sauce inventée par un cuisinier nommé Robert, du temps de Louis XIV.

Aurore, et donna à la place du petit Jour un petit chevreau fort tendre, que l'ogresse trouva admirablement bon.

Cela était fort bien allé jusque-là ; mais un soir, cette méchante reine dit au maître d'hôtel : « Je veux manger la reine à la même sauce que ses enfants. » Ce fut alors que le pauvre maître d'hôtel désespéra de la pouvoir encore tromper. La jeune reine avait vingt ans passés, sans compter les cent ans qu'elle avait dormi : sa peau était un peu dure, quoique belle et blanche ; et le moyen de trouver, dans la ménagerie, une bête aussi dure que cela ? Il prit la résolution, pour sauver sa vie, de couper la gorge à la reine, et monta dans sa chambre, dans l'intention de n'en pas faire à deux fois. Il s'excitait à la fureur, et entra, le poignard à la main, dans la chambre de la jeune reine ; il ne voulut pourtant point la surprendre, et il lui dit avec beaucoup de respect l'ordre qu'il avait reçu de la reine mère : « Faites, faites, lui dit-elle, en lui tendant le cou, exécutez l'ordre qu'on vous a donné ; j'irai revoir mes enfants, mes pauvres enfants que j'ai tant aimés. » Elle les croyait morts, depuis qu'on les avait enlevés sans lui rien dire.

« Non, non, madame, lui répondit le pauvre maître d'hôtel tout attendri, vous ne mourrez point, et vous ne laisserez pas d'aller revoir vos enfants ; mais ce sera chez moi où je les ai cachés, et je tromperai encore la reine, en lui faisant manger une jeune biche en votre place. » Il la mena aussitôt à sa chambre, où la laissant embrasser ses enfants et pleurer avec eux, il alla accommoder une biche, que la reine mangea à son souper, avec le même appétit que si c'eût été la reine : elle était bien contente de sa cruauté, et elle se préparait à dire au roi, à son retour, que les loups enragés avaient mangé la reine sa femme et ses deux enfants.

Un soir qu'elle rôdait à son ordinaire dans les cours et basses-cours du château, pour y halener quelque viande fraîche, elle entendit, dans une salle basse, le petit Jour qui pleurait, parce que la reine sa mère le voulait faire fouetter, à cause qu'il avait été méchant ; et elle entendit aussi la petite Aurore qui demandait pardon pour son frère. L'ogresse reconnut la voix de la reine et de ses enfants ; et, furieuse d'avoir été trompée, elle commanda, dès le lendemain au matin, avec une voix épouvantable qui faisait trembler tout le monde, qu'on apportât au milieu de la cour une grande cuve, qu'elle fit remplir de crapauds, de vipères, de couleuvres et de serpents, pour y faire jeter la reine et ses enfants, le maître d'hôtel, sa femme et sa servante : elle avait donné l'ordre de les amener les mains liées derrière le dos.

Ils étaient là, et les bourreaux se préparaient à les jeter dans la cuve, lorsque le roi, qu'on n'attendait pas si tôt, entra dans la cour, à cheval ; il était venu en poste, et demanda, tout étonné, ce que voulait dire cet horrible spectacle. Personne n'osait l'en instruire, quand l'ogresse, enragée de voir ce qu'elle voyait, se jeta elle-même la tête la première dans la cuve, et fut dévorée en un instant par les vilaines bêtes qu'elle y avait fait mettre. Le roi ne laissa pas d'en être fâché : elle était sa mère ; mais il s'en consola bientôt avec sa belle femme et ses enfants.

PARIS. — IMP. LAROUSSE

www.ingramcontent.com/pod-product-compliance
Ingram Content Group UK Ltd.
Pitfield, Milton Keynes, MK11 3LW, UK
UKHW021110270726
13993UKWH00006B/2000